질문

지혜사랑 267

질문

김형식 시집

지혜

시인의 말

허공을 쪼아 상을 만들고
생명을 불어넣었다

새는 하늘로
물고기는 바다로
짐승은 산야로
삼라만상 모두 자연으로 돌려보낸다

인간은 자연의 법칙을 열광적으로 환호하지만, 정말로
원하는 것은 그 이론을 뒤집는 것이다. 삶, 그것은 자연과
는 다른 특별한 무언가가 되기를 원하는 것이 아닌가? 삶은
평가하고, 선택하고, 불공평하고, 제한하고, 다른 것이 되
기를 원하는 것이다.

모든 방면에 의심의 싹을 심었던 니체는 위험한 철학자는
진실에 관한 생각만큼 거짓에 관한 생각에서도 흥미로움을
찾는다고 했다.

그는 이렇게 묻는다. 왜 다양한 관점에서 진실을 조사하
지 않는가?

이 貧學이 그렇다
시는 사실의 언어가 아니고 진실의 언어다

어디로 가지?
나는

그림자에게
두 손 모아 합장한다

이천이십삼년 3월
정문골 움막에서
인묵 김형식

차례

3부 아직도

4부 침묵이 입을 열다

7부 반도체

8부 강강술래의 눈물

9부 우리말 그 뿌리를 찾아서

1부
무엇을 줄까

도반 道伴

꽃과 나비가 만나

결혼하고

아들 딸 낳고

봄
여름 뒤로 하고

부부가
서로에게 익어가는

가을 길을

걸어가고 있는 두 사람

이 봄날에 석촌호수에

석촌호수에
봄이 봇물을 이루고 있다

쭉쭉 뻗은 봄
탱탱한 봄
두근두근 봄

봄 봄 봄이
다 들어 내놓고
연분홍으로 흐르고 있다

현란하다

나의 봄은
어디에 두고 왔는가

이 봄날에 석촌호수에

화해

잎은 봄에
꽃은 가을에
서로 만나지 못하고 핀 꽃무릇

아직도 풀지 못했어?
전생의 업 그리 두터운가

심장의 붉은 피는
발끝에서 머리끝까지
돌고 도는데

무엇이 그리 꼬여
얼굴을 돌리고 살아가고 있는가

녹여내야지
얼음이 녹으면 봄이 온다
그 응어리 녹여내고
우리 마주 보고 곱게 피자

詩의 맛

냉이

그 질긴 삶이

우려 낸 냉잇국

그런
시詩라야 맛이 깊습니다

식목일에

사과나무 한 그루와
자목련 한 그루 모셔왔다

뜨락에 심었다

사과나무는 손주들 몫이요
자목련은 결혼 45주년 기념식수다

내가 지주대 세우자
아내가 물을 주고 있다

무엇을 줄까

황혼 길에

같이 했던 친구들
하나 둘 다 떠나가고

이제는
병마病魔가

우리
같이 가자 하네

그리해야지
친구야

우리는 둘이 아니야

배고파?

무엇을 줄까

춘설 春雪

눈이 내리고 있다
정문골에 봄눈이 내리고 있다

온갖 허물 다 덮고
봄으로,
다시 봄으로 태어나자 한다

잘난 척하는 촉새
남의 흉 잘 보는 찝새
탁란을 일삼는 뻐꾹새에게

늘 못마땅해 하면서도
말이 없는 붉은머리 오목눈이

그러느니 하고
하얗게 마음 비우고

봄으로
우리 다시
봄으로 태어나자 한다

정문골에
봄눈이 내리고 있다

봄을 찾아서

새벽 직업소개소 앞마당
모닥불이 겨울을 녹이고 있다

해는 중천으로 기어오르고
허기진 배속에는 라면이 끓고 있다

라면 하나에 사랑과
서러움이 끓는다

사업 실패로 거리를 떠도는 아비는
사랑하는 가족을 위해 라면을 끓이고 있다

병석에 누워계신 아버지
고등학생 막내딸
친구 집 식당 주방에서 식기를 닦고 있는 아내

밤을 지새워 우는 칼바람은
이 무능한 아비가 봄을 찾는 까닭이다

내일도 이 아비는
라면을 끓일 것이다

봄을 찾아서

봄소식

남녘 땅
춘당매에
임의 소식 묻습니다

보고파
보고파라
임의 얼굴 보고파라

임하,
놀러와 줘
내 눈동자 속으로

세상사
세상살이
너무 춥습니다

춘당매*
반갑다 한들
당신만 하오리까

임하,
놀러와 줘
내 눈동자 속으로

* 남녘땅 고흥 삼불리 273 만년수네 집 우물가에 국내에서 제일 먼저
  핀다는 매화.

낙원을 찾아서

경칩驚蟄이 지났다
아내 입속에서
갑자기 개구리 한 마리가 튀어나와 나를 덮친다

깜짝 놀라 정신을 차리고 보니 개구리는 폴짝폴짝 뛰어
밖으로 나간다

아내는 내게 다가와
놀랬느냐고 묻는다

조금 전 당신 속에서 튀쳐나왔던 그 개구리는 어디로 갔
느냐고 되묻자
지구를 탈출했다고 했다

나는 내 속에서 두꺼비 한 마리 꺼내 놓았다

두꺼비는 아내에게
두껍두껍 이른다

"우물 안 잘 살펴보라" 한다

낙원이 그곳에 있다

2부
병든 지구의 눈물

뱃놀이

산중 토굴에 앉아 있다

풀벌레 바람 소리 멈추니
사벽四壁이 바다로다

삿대를 든다

만법귀일 일귀하처萬法歸一 一歸何處
　만 가지 진리의 법은 하나로 돌아가는데 그 하나는 어디
로 돌아가는가

　삼매 용선 타고
　보랏빛 바다를 건너고 있다

　가자
　어서 가자
　저 피안의 언덕으로

　어서 가자

입추

산모가 몸을 풀고 있다

비릿한 산 그늘
여름을 털어내며
마을로 걸어 내려오고 있다

불볕 속에서 들려오는 갓난아이들의 숨소리
저마다 높은 하늘 한자락씩 품고 있어 반갑다

잠에서 깨어난 가을 속살들이 엄마 젖을 찾아 물고 옹알
이한다

가을빛 들고 있다

병든 지구의 눈물

지구가 이상하다
도처에 물난리다

지진이 일어나고
화산이 폭발하고
빙하가 녹아내리고
지구가 불타고 있다

살아 있는 생명체,
지구가 병이 들어
복원력을 잃고 펄펄 끓고 있다

그래도 살아나야 한다
그물에 걸린 물고기 몸부림치고 있다

악성 종양을 제거하지 않으면
자신이 죽는다는 것을 지구는 잘 알고 있다

우리 인간이 지구를 죽이는 암세포라니

전염병이 창궐하고 있다

열반송

수중 중생
몸을 바꾸는 날

못다 버린
삼독* 깨끗이 긁어모아

끓여서
걸러 내놓은

어죽 한 사발

어서 먹어라

* 탐진치貪嗔痴. 불교에서 말하는 근본적인 세 가지 번뇌.

홍수경보

개미의
긴 행렬이
길을 건너고 있다

냇가에
청개구리
서럽게 울고 있다

개굴
개굴 개굴
개굴 개굴 개굴

빛과 실상

밤나무가 흘레를 하고 있다

여름 날
그것도 훤한 대낮에

아주 진하게
햇살 그냥 퍼붓는다

축 늘어진 밤

꽃
저렇게 하고 나서야

밤이 열린다

고성의 딸, 월이가 돌아 왔습니다

기녀 월이,
나 여기에
지금 여기 주막집 무기정 앞에 서 있습니다

목숨보다 더 소중한
내 조국을 선택한
고성의 딸 월이가
돌아왔습니다

9천년
동이東夷민족의 뿌리
대한의 딸 월이가

백두에서 한라를 걸어
일본땅 열도를 삼켜버린
그 도도한
저주의 불길을

500년 전
이곳 무기정에서
분명히 보았습니다

>
우리는 싸웠습니다
그러나 부족했습니다
무너져가는 조국을 지키지 못했습니다
보았습니다 통곡했습니다
나라 잃은 그 서러움을

그 누구를 원망하랴
힘없는 내 조국을 원망했습니다

사랑하는
젊은이들이여 형제여 자매여
내 조국 대한민국이여
이제 우리는 세계 속의 등대로 우뚝 일어섰습니다

다 용서하고
더 높은 곳을 향해 나아갑시다
당당하게 일어서서
더 넓은 곳을 향해 나아갑시다

세상은
변하고 있습니다
우리 하나되어

국력을 키워야 합니다

세상은 변하고 있습니다
걔들에게, 지구촌 이웃들에게
자유와 평화를 가르쳐 주어야 합니다

고성의 딸 이 월이는
지켜 보겠습니다
남북 통일의 그날을

고성의 딸 이 월이는
지켜 보겠습니다
내 조국 대한민국의 먼 앞날을

인간에게

지구가 응급실에 실려왔다
호흡이 거칠다

중병에 걸려있다
심상치 않다

악성 병원균을 제거해야 한다

몸은 불덩이
이대로 가면 죽는다

환자도 자기의 몸상태를 잘 알고 있다

살아남기 위해
몸서리쳐야 한다는 것

만물에 영장靈長이라는
이놈의 인간들

보름달을 삭히다

가족들 모여 앉아 송편을 빚고 있다
이야기꽃 피워
반달을 만들고 있다
동산 너머 임 마중가자

희망을 키워가는 반달
마음을 비워가는 보름달
송편에 써 내려간 조상님들 달빛 지혜

들녘에 영글어 가는 이 가을
저 달이 기울기 전에 가슴으로 품어보자

방랑 시인 김삿갓은 송편을 두고
'금반 위에 오뚝오뚝 일천 봉우리가 깎는 듯하고 옥 젓가
락으로 집어 올리니 반달이 둥글게 떠오른다' 예찬하지 않
았느냐
이백을 불러 내 이 쪽배 띄워볼까나
밤마다 은하수에 달방석 깔아 놓고 당신을 기다리며 잠
못 이룬 이 나그네
언제쯤 서로 만나 보름달 삭혀볼까

달무리*

저 모래톱 하나 만들어 내려고
하늘은 그렇게 폭우를 퍼부었나 보다

저 모래톱 하나 만들어 내려고
탄천은 도심 속에서 또 그렇게 울었나 보다

한강 입구에 모래톱 하나 솟아났다

세월의 머언 뒤안길에서
그립고 아쉬움에
우리 어머니 젖가슴 같은 모래톱 하나
다시 돌아와 자리 잡고 앉아있다

왜가리 청둥오리 가마우지 철새들 놀고 있는 자리에 갈
매기 두어 마리 날라들어 이곳은 우리들의 고향이었는데…
끼룩끼룩 눈물 훔치고 있다

어찌 내 아니 다를소냐

고향 떠나온 길손
한가위 보름달
그 고향 달빛 그리워서 멈춰선 나그네

>
네 서린 품속에서
망향의 눈물 짜 내려고
간밤에 달무리는 그리도 외로웠나 보다

* 서정주님의 시「국화옆에서」패러디 하다.

3부
아직도

왜냐하면

야단법석이다
말머리를 끌고 간다

산을 오르는 사람은
정상을 향해 가고

석양의 새들은
보금자리를 찾아간다

마부가 말고삐 잡아 끌고
개울가로 가고 있다

왜냐하면
애마에게 물을 먹이고 싶은 것이다

제물祭物

선거 때가 되면

나를 버리고
우니 좌니
동이니 서니 이익만을 쫓아 기웃거리며 부화뇌동
썩은 생선을 제사상에 올리는 일은
이제는,
다시는 없어야 한다

대통령 선거는 큰 제사다

눈밝은 선비들이
회초리 들고 일어서야 한다
남명 조식* 선생이
매천 황현** 선생이 울고 있다

백 년 앞을 내다보자
목욕재계하고
정신 바짝 차리고
제상 차려야 한다

썩은 생선은 안 된다

* 남명 조식南冥 曺植(1501~1572년): 16세기 영남학파의 거봉. 남명
은 1539년 39세로 초야에서 학문에만 전념하는 선비. 국가의 부름을
받았지만 나아가지 않았다. 썩은 조정과 그에 빌붙은 관료들을 보고
그 길을 거부한 선비.

** 매천 황현(1855~1910): 구한말 시인 학자. 자는 운경雲卿. 호는 매
천梅泉. 성균관 생원. 갑신정변 이후 민씨 정권의 무능과 부패에 환
멸을 느껴 벼슬하기를 단념하고 귀향하여 시작詩作에 전념. 1910년
에 일본에 국권을 강탈당하자 망국의 울분을 이기지 못해 자살한 선
비.『매천야록梅泉野錄』저자.

조사弔辭

애견,
무無가 죽었다

토굴이
훤히 내려다 보이는
정금산 솔밭 양지 끝에 묻는다

상주, 달구가
꼬리 내리고 애도한다

무는 네눈박이 진돗개다
성철스님 상손자,
원융스님의 상자이신
둔내 백년암 일영스님이
해인사 말사인 거창 송계사로 소임 살러가시며 맡겨 놓고
간 황구의 3대손이다

그의 할미는
안마을에서 올미에 걸려 죽었고
어미도 행불견이 되었다
무는 15년 전 논두렁에서 올미에 걸려 죽기 직전 구출하여
30여 안거를 같이 해온 도반이다

\>

연화가 목탁을 치고
베닐다 화경 이모님은
묵주를 돌린다

처마 끝 풍경
뎅그렁 뎅그렁 저승길을 닦는다

잘 가라
다음 생에
우리 인간으로 다시 만나
열심히 공부해서
성불하자

나무아미타불
나무아미타불
나무아미타불 관세음보살

도반 인묵 합장

정금새야

들고 난
그 자리에
그리운 새 날아들었네

정문골
접동새야
어디갔다 이제 왔소

지지배배 지지배배배

청아한
그 목소리
봄은 언제 깨우려나

세상을 지배하는 것은

사랑에도 암수가 있다
들어오는 사랑은 수컷
밖으로 나간 사랑은 암컷

암수의 사랑이
사랑을 낳고
그 사랑이 커서
세상을 지배한다

세상을 지배하는 것은 사랑이다

행복한 우리집

손주들 등교길에
나무아미타불 관세음보살
배웅하는 뽀미(犬)
나무아미타불 관세음보살

책 읽는 우리 할머니
글 쓰는 우리 할아버지
나무아미타불 관세음보살

거실에 꽃들도
물확에 열대어도
나무아미타불 관세음보살

우리 가족 서로에게
나무아미타불 관세음보살

나의 남편

남편이 잠들어 있다

심하게 코를 고신다

바위 구르는 소리
피리부는 소리
풀무질하는 소리

꿈속에서도
가장이라는 이름으로
무거운 짐 짊어지고

구름속을 헤매고 계신
우리집 태양

애들 아빠
나의 남편

아직도

내 안에 섬 하나 있다

첫사랑

바람 부는 날이면
저 수평선 위에 점 하나

가물가물

다시 되돌아와서 자리 잡고 앉아 있는

섬 하나

가을이면 좋겠다

여섯 살 손녀 손을 잡고
섬강 길을 걷고 있다
"할아버지 이것이 뭐에요?"
"갈대라고 하지"

"그럼 올대는 어디있어?"

올때?

손녀는 올때가 알고 싶다

나는 갈때에 흔들린다

가을이면 좋겠다

4부
침묵이 입을 열다

부활

가끔 숨 쉬는 것을 멈출 때가 있다
실이 바늘 귀를 찾아갈 때라든지
비밀스러운 말로 영혼을 홀릴 때라든지
간절함이 있을 때 숨을 멈춘다

숨을 다시 쉰다는 것은 살아 있다는 것이다
생과 사를 가르는 해녀의 숨비소리가 그렇다

아홉 살 땡볕 여름날에 돌멩이 주워 오겠다며 용주골 물
속으로 뛰어든 친구는 아직도 나오지 않고 있다

가을 늦은 밤 아버지는 잡고 있던 내 손을 놓아버렸다

기독교인들은
공동묘지 저 주검들은
부활을 기다리며
숨을 멈추고 있다고 믿고 있다

나는 믿지 않는다

부활한 사람은 딱 한 분 밖에 없다
그분은 십자가에서 죽었다

신을 죽여야 산다

이 세상에 태어난 것도 신의
뜻이고,
이 세상에서 죽어가는 것도 신의 뜻이다

두 발 딛고
일어서는 것도 신의 뜻이고
누구를 사랑하는 것도
미워하는 것도 신의 뜻이라니

내 자의로 할 수 있는 것이라고는 단 하나도 없다

생각하는 것 조차도 신의 뜻이다?

신의 숨통을 끊어 놓아야 한다
그리하여 신으로부터 영원히 벗어나야 한다

월越담자

방안이 훤하다
달빛이 창문을 두드린다

한밤중에
누가 보면 어쩌려고
설레는 가슴
조용히 커튼을 걷는다

그때는 내가 담을 넘으려고 했었지
그녀 집 주위를 서성이다가
봉창문을 두드리는데

두근두근

호랑이 아버지 알면 어쩌려고
창문 너머 오는 그녀의 숨소리

오늘 밤은 내가 임에게
이부자리 펴주고
베개를 함께 베리라

어머님의 노래

정화수 떠놓고
치성 드리는 우리 어머님 뒷모습

새해 초사흗날
꾸는 꿈은
한 해 운을 점지하는 꿈이라
노래하셨지요

복 많이 짓고 살아야 한다고

조상님께서
미리 보여주신 꿈이니
잘 챙겨야 한다고

철들기 시작하면서부터
8순을 바라보는 이 나이에도
초사흗날 밤이 되면
이 불효자식 설렙니다

"좋은 꿈 꾸세요"
"오늘이 벌써 초사흘이네"

아내 손 꼭 잡고 잠이 듭니다

사비성의 가을

질문하라
질문은 죽은 자도 불러낸다
질의 문은 생명의 문,
잊힌 역사도 질의 문에서 나온다

질문에는 세 가지 갈애渴愛가 있다
그 하나는 모르는 것을 알고자 하는 것이요
그 둘은 알고 있는 것을 확인하는 것이고
그 셋은 지혜를 구하는 것이다

백제 고도, 부여 문화유적지 탐방은 사비성(538~660년)
역사의 질문이었다

성왕聖王의 사비성 천도와 의자왕義慈王의 백제 멸망의 숙
제가 풀렸다

백제금동향로 발굴지를 확인하고 중생의 소망을 담아 사
른 향로가 한 송이 연꽃으로 현현하여 하늘에 전해졌음에
꽂히자 백제인을 조상으로 둔 자부심에 두 손을 모은다

2015년 세계문화유산으로 등재된 공주 부여 익산
백제 문화유적지 8곳 중 부여의 관산리 유적과 부소산성,

정림사지, 능산리 고분군, 나성을 뒤돌아서니

  능산리 고분이 백제 젊은 아낙의 젖무덤으로 따라와
  그 밑 어딘가에 있을 질의 문에서 백제의 흥망성쇠 역사
가 꿈틀거리고 있음을 보았다

  질문하라
  잊힌 역사도 질의 문에서 나온다
  당신도 질문에서 나왔다

큰형님

길쭉길쭉
오이밭에
구부러진 노각老角 하나

막냇동생
장가 내보내는 날

돌아서서 눈물 감추신다

"잘 가
나는 부모님 모시고
고향에서 살거야"

선산은 내가 지켜야지

개똥벌레를 찾고있다

고향에는 고향이 없었다

그 자리에는 고층 아파트 숲이 구름을 뚫고 불야성을 이루고 있었다

낯익은 이웃들은
다 떠나 버리고
그래도 혹시나 해서
개똥벌레의 소식을 물었더니
소식 끊어진지 오래됐다고
한다

고향 잃은 이웃들
백색 불빛에 홀려
개똥벌레 찾아 아파트 기웃거리다가
그만 길을 잃고 하늘에 올라 별이 되지 않았을까
나는 그렇게 생각한다

방향을 알 수 없는 빌딩 숲 4거리에서 신호를 기다린다
신호가 바뀌면 개똥벌레를 찾아 건너갈 것이다

우리의 인생도

그렇다고 나는 믿는다

개똥벌레를 찾고 있다

침묵이 입을 열다

정문골 고개 너머에는
자연이 숨겨 놓은 또 다른 마을 하나 있다
태곳적부터 쌓여 온 침묵들이 저네들끼리 모여 사는 오지,
개똥벌레 무덤

심마니들도 모르고 있는 이 외진 곳에서 흰 구름 몇 조각
흘러나갔을 것이다

종종 침묵이 사라지는 것은 고개 너머에서 손들이 드나들
고 있다는 것

오염된 손이 다녀가고 나면
마을에 장송곡 소리가 난다
침묵이 하나 둘 숨을 거둔 것이다

칠흑 밤
그곳에 가면 개똥벌레가 꼬리 춤을 추자고 한다

개, 개, 그 개똥의 이름표를 달고 더는 훼손돼서는 안될
자연을 끌어안고
멸종 위기의 슬픈 축제가 있던 날 밤

>
무덤 속에서
모든 침묵이 입을 연다

개똥벌레는 침묵이 죽어서 눈을 뜬 별이라고

어둠의 목을 비틀고

비워야 한다고
비운다고 하면서
비우지 못하는 그릇
처마 끝에 앉아 있다

하늘에서 내리는 비

웃는다

차를 끓여
그릇에 따르고 비우기를
십 년하고도 석사 년

눈뜬 목어 한 마리
빈 배 뒤집어엎어 놓고
서해로 흘러간다

낙뢰
어둠의 목을 비틀고
여울목을 비우고 있다

이제 알겠다

고속도로
2차선 먼발치에서
새치기가
막무가내로 밀고 들어온다

이기주의

앞쪽에서
꽝!

열난다

지구가 더워진 이유,
이제 알겠다

5부
질문

별의 탄생

올림픽 경기장에 가면

별들이 하늘로 올라가는 것이 보인다

반짝 반짝 반짝

다슬기의 꿈

반딧불이
어둠 속에서 날아다니더니

사라졌다가
다시 나타나고
숨바꼭질하더니

술래,
술래는 고향 찾아 날아가고

잠 못 이루는 여름밤
비몽사몽
실개천 돌다리 밑에서 깨복쟁이 친구들과 다슬기 잡고 있
었네

개똥벌레 꿈을 꾸며

* 다슬기는 개똥벌레(반딧불이) 숙주.

질문

질문하고 질문하라
당신도 질의 문에서 나왔다

질문은 생명의 문
살아 있는 것은 모두 이곳에서 나왔다

태양도 지구도
석가도 예수도
철학도 예술도
질문에서 나왔다

질문에는 세 가지 갈증이 있다
그 하나는 모르는 것을 알고자 하는 것이요
그 둘은 알고 있는 것을 확인하는 것이고
그 셋은 지혜를 구하는 것이다

질문을 던져라
인간의 심장을 뜨겁게 하라

질문하지 않는 사람은
죽은 몸이다

>

질문만이 위대하고, 또, 위대하다

질문하고 질문하라
질의 문은 당신의 존재를 증명한다

죽비소리

햇살 따가운 여름 오후
일손 놓고 소나무 그늘에 앉아
쉬고 있다

발아래 개미 떼
대 이동 중이다

비바시불* 당시의 개미들?

어디로 가는 것인지

명,
때린다

---

* 과거 7불 중 첫 번째 부처님. 석가모니 부처님이 길을 가다 개미 행렬
  을 보고 비바시불 당시의 개미들이 아직도 몸을 바꾸지 못하고 있구
  나 하셨다. 공부인에 견책이 되는 어록.

종의 기원

수박을 자른다
잘 익은 수박은
칼끝만 닿아도 쩍 벌어진다

아담과 하와는
단물이 쭉쭉 흐르는
수박 파티를 했다

단둘이서
하느님도 속이고

붉은 입술로
까만 씨를 찾아서,

찾아내서 심고있다

불아화佛兒花

부석사 선비화花는 의상 대사 지팡이요
축서사 불아화佛兒花는 한국불교아동문학회의 지팡이라

축서사鷲棲寺* 탐방 끝내고
김종상 시인이 건네 준 대나무 지팡이 받아
성보전 뜨락에 꽂아 놓고
의상대사의 지팡이 생각하며
회원 모두 합장한다

이 지팡이 다시 살아나 대숲을 이루소서
축서사에 우담바라 피어나면 세인들 이를 일러 불아화佛
兒花라 부를 것이요

먼 훗날 시인 묵객들 축서사 찾아 '불아화'에 감흥, 글을
남길 것이니 그중에 분명 인연 있는 이 있어 퇴계 이황退溪李
滉 선생의 부석사 '선비화**'를 차운하여 축서사 불아화로
시를 남길 것이다

부석사 선비화는 의상 대사 지팡이요
축서사 불아화佛兒花는 한국불교아동문학회 지팡이라

* 축서사鷲棲寺는 신라시대 의상대사가 창건한 천년고찰로 창건 연기 설
  화에 의상대사가 물야에 있던 지림사에 머물고 있었는데, 산에서 서
  광이 뿜어 나와 올라가 보니 바로 이곳에 비로자나 석불이 있어 모시
  고 절을 지었다는 이야기가 전해 내려온다.

** 선비화: 의상대사가 짚고 다니던 지팡이를 조사당 앞에 꽂아 놓았
  더니 부활하여 살고 있다고 전하는 '골담초'로 선비화라고 부른다.

** 퇴계 선생의 시「선비화」: 옥인 양 높이 솟아 절 문에 기대어 섰는데
  (擢玉森森倚寺門)/ 스님은 의상 대사 지팡이가 변한 것이라고 하네
  (僧言卓錫化靈根)/ 지팡이 머리에 응당 저 계수(曹溪水) 있어(杖頭
  自有漕溪水)/ 천지간 비와 이슬의 은택 빌리지 않으리라(不借乾坤
  雨露恩)
  많은 시인 묵객들이 부석사를 찾아 선비화의 시를 남겼다. 퇴계退溪
  이황李滉(1502~1571)도 풍기군수 시절 부석사를 찾아 선비화를
  보고 시를 남겼다. 이 시판詩板이 지금도 부석사에 남아 있다.

뒤척뒤척

아내 손 잡고 잠자리에 든다
산행 중에 따라온
풍광을 베고 눕는다

구절초 구절구절 맑은 얼굴
햇살 오물거리는 나뭇잎
사이로 내민 화살촉 단풍 손 붉다

왼쪽으로 뒤척
오른쪽으로 뒤척
개울물 소리 베고 눕는다

졸
졸졸
흘러가자고 한다

다 내려놓고
낮은 곳으로 흘러
바다로 가자 한다

아내의 손에 잠이 들었다
물소리 바람 소리
뒤척뒤척 바다로 흘러간다

바람이 읽는 시집

고향 찾아갔다
햇살 속삭이는 숲속
산새 고라니 다람쥐 풀벌레 반갑다

제재소에서 헤어졌던
친구들 무엇이 되어 어디로 갔을까
건축자재로
화목으로 다들 팔려갔었지

나는 펄프공장으로 끌려가
잘리고 부서지고 가마솥에 끓여져서
환골 탈태하여
다시 종이로 태어났어

나무가 시집이 되어 고향에 돌아온 것이다

금의환향이지
옛 어른들은 훌륭하게 자라서 글의 집이 돼라 하셨지
시집이 되어 세상의 진리를 담아내라 하셨어

숲 지키는 호랑이 아저씨
시집 손에 들고

바위에 앉아 졸고 있다

바람이 시를 읽고 있다

우수경칩雨水驚蟄

새색시가
대동강변에 앉아

오줌을 싸고 있다

겨울이
또 다른 세상을 만나
신이 났다

개구리는 폴짝폴짝

치마

무언가
저속에 있기는 하다

궁금하다
신이 살고 있을까

그래
그렇다

시가 그렇다

6부
부처님 오신날

4월에 이사 들다

벚꽃이 활짝 피었다
세 들어 간 집에는
굶주린 하이에나가 혀를 날름거리고 있다
식욕이 혀끝으로 모여들고 있기 때문이다

서울과 부산 발 설화舌禍가 전국을 뒤덮고 있다
중국발 황사 보다 더 심한
일본발 독도 보다 더 심한
설화舌禍에 시야가 절벽이다

다행스러운 것은
골목길에 희망의 붓꽃이 파랗게 돋아나고 있다
이번에는 붓끝에 먹물을 듬뿍 찍어 이 오탁악세 정리하고
내 집 마련 계약서를 쓸 것이다

설화舌禍가 설화舌花가 되고
필화筆禍가 필화筆花가 되는 오래된 미래가 보인다

어머니의 기도
— 박연애 여사 유고집 권두 축시

'지성이면 감천이다'
하늘을 감동시킨
박연애 여사의 일생

효자 신금식 고흥타임즈 회장은 어머니의 일기와 자서전
을 묶어 유고집을 내 놓았습니다

1995년 부터 2013년 작고시까지 18년간 써 놓은 여사의
일기는 사료史料와 시어詩語의 보고였습니다

시절 인연이 아쉽습니다
일찍이 이 일기가 사마천과 공자를 만났다면 사기史記에
그 흔적 남기지 않았을까
시경詩經에 꼬리를 달지 않았을까 상상해 봅니다

글속에는 남도 사투리가 추임새로 듬성듬성 꽃밭을 이루
고 '내 마음 누가 알아주리 흰종이에다 하소연 할까부다'에
이르면 천년학이 팔영산을 날고 있었습니다

50여 년 들인 불공
자식 위한 부모 마음
수도암의 종鐘, 칠성당, 물그릇, 방석, 포장, 붓끈 기를

광양절의 춘새 하나, 도배지 장판
능가사 붓끈 기로 키워 낸 자손들
박연애 여사는 보살이셨습니다

직심直心으로 임하라
지성이면 감천이다
여사의 기도는 고령 신씨 혈륜의 강을 도도하게 흘려내려
이 땅에 바다를 이룰 것입니다

관세음 관세음 관세음보살

가을

저 화쟁이
그림 솜씨 좀 보게

누가 저걸 여름을 찍어
그려 놓은 것이라 하겠는가

높은 하늘
황금 들판
불타는 산야

저 초가지붕 위에 둥근달
토방에 석쇠 위에
노릿노릿 익어가는 전어 구이의 맛도

가을이 그려 놓은 것이라네

* 반칠환님의 시 「봄」 패러디 하다.

한 생명을 구하는 것이 절 하나 짓는 것보다 낫다

횡성장날,
정금천 거슬러
집에 가는 길에

권사님이
잡아 놓은
개구리 한 무더기

그냥 지나칠 수 없어

통째로 사서

섶다리 밑
얼음을 깨고 놓아 주었다

서른 마리는 족히 될 성싶다

이 嚴冬에 핀 연꽃 한 송이

九旬, 선행善行 신현득
불교아동문학회 고문님께서
연꽃을 보이셨습니다

이 엄동에 노구를 끌고 먼 길, 대구 보훈병원
장산 박방희 선생님의
빈소에 조문 다녀오셨습니다

김종상 고문님께서 가끔 신현득 고문님을 두고 하시는 말씀
"저 양반 생불이시다
부처님이 저기 걸어오신다
부처님이 저기 걸어가신다" 하시더니…

생불의 참모습 보여 주셨습니다

이 엄동에 핀 연꽃 한 송이

배우

사랑을 연기하다
배우가 되었다

부부로 살아가는 것
무대 위에 서는 것
이 모두가 세상을 배우는 일이다

만남은 이별을 배우고
이별은 만남을 배운다

유상은 무상을 배우고
무상은 유상을 배운다

삶은 죽음을 배우고
죽음은 삶을 배운다

인생사 모두가 연기다

배우며 사는 세상
우리 모두가 배우다

달마 화상의 현현

베트남 여행중에 호이 안 옛 도시 투몬 강가에서 조각가
를 만났다
대나무 뿌리에 조각 칼춤이 범상치 않다 했더니

망치로 치고 밀고
뚫고 다듬고
뚝딱뚝딱 이 어른
달마를 꺼내 놓는다

윤선도의 오우가에서 대나무 한 그루 쏙 뽑아다가 칼끝에
붙여 노니는 것을 보니

땅속에서 5년 동안 뿌리내리고
푸른 죽순 내는 것도 달마 화상이었고

활 화살 창 붓대 갓대 조릿대 담뱃대 낚싯대 부채 가구 어
구 바구니 빗자루 내는 것도 이제 보니
달마 화상이었네

보자 하니*
― 문정희 시인의 「치마」를 읽고

보자 하니
신의 궁전도 비밀의 열쇠도 쓸모 없는 그런 시대가 도래
하고 있어 남녀노소 저잣거리에 모여 웅성인다

AI에게 치마 팬티 내 줄 수야 없지 울긋불긋 젊은이들 적
색경보 물고 난다

대리석 두 기둥으로 받쳐 든 신전은 폐허가 되고

참혹하게 아름다운 갯벌이
소금사막으로 변한다면 팬티들은 어찌할것인가 아! 슬프
도다 치마들이 걱정된다

모천의 성지를 찾아 깃발을 꽂는 일도 순교의 그 꿈도 물
건너 간다는 말인가 포기할 수는 없지 족보는 이어 가야 한다

그 깊고도 오묘한 문을 여는
신비의 열쇠를 감히 누가 넘 봐 어림없지 어림없어

치마와 팬티의 음풍농월에
바람이 옳거니 무릎을 치니

일월성신 빙그리 웃는다

보자 하니
염려할 것 없다
해와 달이 있는 한 치마는 올리고 팬티는 내릴 것이다

* 벌써 남자들은 그곳에/ 심상치 않은 것이 있음을 안다// 치마 속에 확실히 무언가 있기는 하다// 가만 두면 사라지는 달을 감추고/ 뜨겁게 불어오는 회오리 같은 것// 대리석 두 기둥으로 받쳐 든 신전에/ 어쩌면 신이 살고 있을지도 모른다// 그 은밀한 곳에서 일어나는/ 흥망의 비밀이 궁금하여// 남자들은 평생/ 신전 주위를 맴도는 관광객이다// 굳이 아니라면 신의 후손일지도 모른다/ 그래서 그들은 자꾸 족보를 확인하고// 후계자를 만들려고 애를 쓴다// 치마 속에 확실히 무언가 있다/ 여자들이 감춘 바다가 있을지도 모른다// 참혹하게 아름다운 갯벌이 있고/ 꿈꾸는 조개들이 살고 있는 바다// 한번 들어가면 영원히 죽는/ 허무한 동굴?// 놀라운 것은/ 그 힘은 벗었을 때 더욱 눈부시다는 것이다 (문정희 「치마」 전문).

부처님 오신 날

새벽 찬물에
얼굴을 씻고 나니

들리는 것은
모두가 부처님 법문이다

새소리
바람 소리
개울 물소리 건너

보니
부처 아닌 게 없다

오늘
오늘이라는 이 하루

어제도
내일도 오늘

부처님 오시는 날

나무 아미타불
나무 아미타불

아 미 타 불

7부
반도체

복伏날

× 묻은 놈이
겨 묻은 놈 보고 짖는다

너,
오늘 보내야 한다고

주인장
빙그레 웃는다

진즉 한 놈 점 찍어 두었다

고?

소름 돋는다

반도체

꽃은 노래
시詩는 목탁이다

반도체半導體, semiconductor는
도체와 부도체 중간 성질의 물질

요 녀석이
열, 빛, 자장, 전압, 전류를 만나면
꽃이 피고 시가 된다

반도체는
인간이 만든 최고의 예술품
인공지능 시대의 꽃이요 시다

요 녀석이 있어
넉넉하고 아름다운 세상
오늘도 목탁소리 산사山寺를 깨운다

내 친구는 몇인가
― 고산, 윤선도 「五友歌」의 화답 시*

내 친구는 몇인가
책과 차茶, 詩와 스맛폰
차 내오는 아내가 있으니
이 더욱 반갑구나
듭시다 이 다섯 밖에 또 더하여 무엇하리

스승의 회초리는
만나뵙기 어려웁고
부모님 그림자는
떠나신지 오래이니
이 나그네 지혜를 구하는 샘은
오직 책 뿐인가 하노라

봄이면 꽃이 피고 가을이면 잎 지거늘
茶야 너는 어찌 봄 가을을 모르는가 心中에 맛이 곧은 줄
을 그로 하여 아노라

꽃은 무슨 일로 피면서 쉽게 지고
청춘은 어이하여 푸르는 듯 늙어가는가
아마도 변치 않는 것은
詩 뿐인가 하노라

앵무새도 아닌 것이

사전도 아닌 것이
글은 누가 가르쳤기에
속은 이리 꽉 찼는가
만사에 저리 해박하니
그를 좋아하노라

둥근달 높이 떠서 만물을 다 비추니
집안의 밝은 빛 당신 만한 이 또 있겠소
평생을 함께 지내니 내 벗인가 하노라

* 568년전 대문호 고산 윤선도님의 시에 화답시를 올립니다. 님은 水·
石·松·竹·月을 다섯 벗으로 두었으나 이 빈학은 책·茶·시·스맛
폰·아내를 다섯 친구로 두었다. 격세지감이다.

* 내벗이 몇인가 하니/ 물과 돌, 솔과 대/ 동산에 달오르니 그 더욱 반갑
구나/ 두어라 이 다섯 밖에 또 더하여 무엇하리// 구름 빛이 좋다 하
나 검기를 자주 한다/ 바람 소리 맑다 하나 그칠 때가 많구나/ 좋고도
그칠 때 없기는 물 뿐인가 하노라// 꽃은 무슨 일로 피면서 쉽게 지고/
풀은 어이하여 푸르는 듯 누르노니/ 아마도 변치 않는 것은 바위 뿐인
가 하노라// 더우면 꽃이 피고 추우면 잎 지거늘/ 솔아 너는 어찌 눈서
리를 모르는가/ 구천에 뿌리 곧은 줄을 그로 하여 아노라// 나무도 아
닌 것이 풀도 아닌 것이/ 곧기는 누가 시켰으며 속은 어이 비었는가/
저렇게 사시에 푸르니 그를 좋아하노라// 작은 것이 높이 떠서 만물을
다 비추니/ 밤중의 광명이 너 만한 이 또 있느냐/ 보고도 말을 안 하니
내 벗인가 하노라 (윤선도 시「五友歌 – 내 벗은 몇인가 하니」전문).

아들에게

육안으로 바라볼 때는
보이지 않던 안개길도

마음의 눈으로
살펴보면 길이 보인다

아들아
인생길도 그렇다

앞이 보이지 않을 때는
서두르지 말고
마음의 눈으로 살펴 보거라

가만히 들여다 보면
길이 보인다

시인이여, 사람이 되거라
― 詩聖, 한하운 문학회 낭송회 격려사

詩聖, 한하운 뜨락에
시인들이 모여들었다
이태리의 단테, 독일의 괴테, 인도의 타고르, 중국의 두
보는 귀빈으로 모셨다 시성, 한하운이 던져준 화두 하나 바
로 세우니 꽃이 피고 시향이 가득하다

누가 시성 한하운을 폄하하는가
질투인가 시기인가
3조 승찬 대사도 문둥이였다
"시인이여, 사람이 되거라"

오늘은 시성, 한하운 문학회 문우들이 자작시 발표하는
날 풀벌레 목청을 돋우고 초목이 귀를 연다
언젠가는 이곳 시성, 한하운 문하에서
전 인류가 노래하고 춤을 추게 하는 시인이 탄생할 것이다

시인이여,
사람이 되거라

누가 신을 속였는가

낙엽을 태우고 있다
하얀 연기 불속에서 뛰어 나와 하늘로 달려가고 있다

40여 년 하루같이
교회 공원묘지에 누워서 부활을 꿈꾸시던 부모님
유골 수습하고 화장 모시는 날

나는 두 분이 불가마 속에 들어가
뼈를 사르고 굴뚝을 통해
하늘로 날아오르는 모습을 보았다

돌아가신 것이다
이제는 돌아가셨으니
다시 돌아오신다?

누가 신을 속였는가

모르쇠

시치미를 뚝 잡아떼며
모른다고 하는 사람

아는 것도 모르는 것도
다 모른다고 잡아떼는 사람

후손들 이를 보고
무엇을 배울까

당 태종에게 충간忠諫하는
위징魏徵*이 그립다

국정을 농단하는 모르쇠는 어떤 인물인가

* 당 태종 이세민에게 충간忠諫하는 위징魏徵 (580~643), 그의 말을 한번
  이라도 새기고 정치를 하였다면 이런 불행이 없었을 텐데…

여름 몇 잎

쌈 한 번 하자

폭염과 장마에
상추는 다 녹아 버렸으니
호박잎 따서 쌈 한 번 하자

이열치열 여름을 싸고
매운 고추 툭 분질러서
된장 찍어
너도 한 입 나도 한 입
볼따구니가 터지게
쌈 한 번 하는 거야

말복아 너도 한 입 해라
복달임이다

입추, 어서 오라
처서야 빨리 가거라
스트레스 씹어뱉어 버리고 가을로 걸어가자

주인과 객

열대야 새벽,
간밤 꿈에 설원을 걷고 있었던가?

별은 동쪽으로 스러지고
달은 서녘으로 걸어가고

죽부인 껴안고
잠들어 있는 객을 바라본다

100년도 버거운 당신
끌고 다니기만 했으니
미안,

미안하다

일어나라

아침 준비해야지

금환일식
― 김용택 시인의 「찔레꽃」* 화답 시

하면** 그렇지
잘하고 말고
그냥 두면 내것이 안 되었제

당신 손목을 잡아끌고

초저녁
이슬 달린 풋보리 잎을
파랗게 쓰러 뜨려부렸제

둥근 달을 보았지

보리밭에 그놈의 금환일식,
그 선홍빛 때문이었제

* 내가 미쳤지/ 처음으로 사내 욕심이 났느니라// 사내 손목을 잡아끌
고// 초저녁/ 이슬 달린 풋보리 잎을/ 파랗게 쓰러 뜨렸느니라// 둥
근 달을 보았느니라// 달빛 아래 그놈의 찔레꽃,/ 그 흰빛 때문이었
느니라 (김용택, 「찔레꽃」 전문).

** '아무렴'의 방언.

8부
강강술래의 눈물

낚시

거기서 뭣하노
지나가는 바람 집적인다

물 위에 앉아 있는 찌
고기야
물면 어떻고
안 물면 어쩌랴

내려놓고
앉아 있으니
이 자리가 천국인 것을

바람아 쉬어 가거라

저 강태공
성불하는 것 좀 보고 가자

매실

화전 밭 일구어
매실 심은 지 19년

농부는
최잔고목摧殘枯木*,
부러지고 썩은 나무 막대기

잡초 뽑다
고개를 드니

매실
저 혼자서
익어

노랗게 웃는다

* 마음공부 하는 사람은 세상에서 아무 쓸 곳이 없는 대 낙오자, 최잔
  고목이 되지 않으면 안 된다는 중국 대매산大梅山 법상선사法常禪師 선
  시禪詩.

이 땅의 주인은 누구인가

앞산 뻐꾹새
뒷산 붉은머리 오목눈이
탁란하고 알을 품고
속이고 속는다

개천은 아직도 발이 시린데 여름을 굽고 있는 햇살

망종이 지났으니
정문골 화전밭에 무슨 씨앗 묻을까

콩밭은 고라니 놀이터
옥수수는 너구리 간식
고구마 밭은 멧돼지 생일 상

녀석들 미워서
들깨나 심어 볼까

낮달 구름속에서 빙그레 웃는다
진정 이 땅의 주인은 누구인가

개울물에 얼굴 씻는다

부모 마음

고춧모 내고 있다

과년한 딸 그림자
밭 이랑을 따라 다닌다

너희들이 이 마음 알기나 해

넓은 밭에 보일동 말동
초록 점들 짠하다

매운 시집살이
잘 견디어 내야 해

뿌리는 땅속에 깊이 묻고 두 팔은 하늘 높이 들어
별을 따야 한다

울긋불긋 아들딸 많이 낳고

메아리

손주들이 다녀간 후

소나무 밑에
들꽃 한 묶음 놓여있다

뽀미 무덤이다

콧날이 맵다

지난 봄
저 세상으로 간 친구, 애견

어제저녁
반딧불이 쫓던 손주들

"뽀미다!
뽀미가 왔다" 외치는 메아리

가슴 저민다

황홀경恍惚境

넋을 놓고
바라보고 있다

백두산 천지

아,
저 비경
누구의 작품인가

정문골 선바위

잠을 깨우는 봄비
가끔은 꿈속에서
이렇게 만나는 것을

더러는 연잎에
물방울로
만나는 것을

간밤에 솔잎 끝에
무지개 걸어 두고 가신

얄미운 당신
그래도 원망은 하지 않겠습니다

살아만
돌아와 주세요
기다리고 있겠습니다

정문골 선바위

몽돌

부딪쳐
돌고 돌며
사는 법을 배웠습니다

모나지 않게
살아 갑시다

내가 둥글면
이웃이 둥글어 지고
세상도 둥글게 돌아갑니다

우리 모두
둥글게 둥글게 살아 갑시다

강강술래의 눈물

한가위 둥근달이 유난히도 밝다
저 동산 위에 달 좀 보거라

구름아 가까이 오지 말고 저만큼 비켜서라
오늘만은 분단을 놓고 울고불고 짜지 않겠다 그 틀을 뛰어넘어서 희망의 노래를 부르고 싶다

그것도 그럴 것이 70여 년을 갈라선 이 조국 땅에 평양 선언이 있던 그 다음 날, 정확히 말해 2018년 9월 20일 우리 문 대통령 하고 저쪽 김정은이 그마 하고 우리 성산 백두산에 올라 활짝 웃고 있는 그 모습을 소환해 놓고
왜 우리는 통일로 나아가지 못하고 있는가
왜 우리는 미국놈 중국놈 일본놈 눈치만 보아야 하는가
눈물이 핑 돈다

달님은 다 알고 있지 수만 년 이어 온 이 금수강산에 우리 민족이 터를 잡고 살아온 그 9천여 년 역사를, 깽깽이풀이 어디에서 자라고 백두산 호랑이는 시방 어디에 숨어 있고 한라산 구상나무는 솔방울을 몇 개 달고 있는 것까지도 다 알고 있지

아내와 개다리소반 놓고 마주 앉아 주거니 받거니 술 한잔하다 보니 콧등이 맵다

>
적요한 달빛 아래
마당을 쓸고 있는 저 소나무 그림자
귀뚜리 노랫소리가
한 많은 대동강도 단장의 미아리 고개도 전선 야곡도 여
자의 일생도 다 밀어내 버리고 강강술래를 꺼내 놓는다

저 건너 큰산 밑에,
동백 따는 저 큰 아가시,
앞 돌아라 인물 보자,
뒤 돌아라 뒤태 보자, 강강술래/
인물 태는 좋다마는, 눈주자니 너 모르고,
손치자니 남이 알고, 강강술래/
우리 둘이 일허다가,
해가 지면 어쩔 거나, 강강술래/
강강술래 강강술래/

강강술래는 진짜 우리의 것
옛 마한시대에, 2천 년 전 그 시대에 지금의 서남지역, 고
흥 보성 강진 장흥 진도 해남 지방의 토속 말로
강 '강'은 원圓을, '술래'는 수레輪로,
순라로 둥글게 원을 돈다는 뜻이렸다
'둘레로 둘레로 돌아라' 풍작과 다산을 기원하는 강강술래,

"蓮花도 알고 계시지"

"아문 그렇고말고요"

둘레로 둘레로, 돌고 돌아라, 삼천리 강산이, 강강술래/ 금수강산이, 강강술래/ 두두 물물이, 강강술래/ 더도 말고 덜도 말고,/ 아들딸 구별 말고 한 뭇씩 낳고 길러, 강강술래/ 마르고 닳도록 살아보세, 강강술래/

돌고 돌아라 강강술래/

한 뭇씩 퍼질러 놓으면 누가 기르게요?

허허 이게 무슨 소리여

출산을 기피해 시방 나라가 없어질 판인데

강강술래/

임진란 때에는 이순신 장군 어깨에 힘을 실어 일본 쪽바리 그놈들 기를 꺾어 놓았던 강강술래

이제는 인류무형문화재로 등재되어 아마존 그 숲속 어디에선가 강강술래 소리가 울려 퍼지고 고릴라 그 노마들 엉덩이 들썩들썩 장단을 맞추고 있다는 풍문도 있어 참말로 자랑스럽다

달 떠온다 달 떠온다,/

동해 동천 달 떠온다, 강강술래/

저 달이 뉘 달인가, 강강술래/

눈물이 난다

휘영청 둥근 달아
조국 산하를 서리서리 설서리 어루만져라 산을 넘고 또
산을 넘어 물을 건너고 또 물을 건너서 백두산에서 한라산
까지 오대양 육대주가 한 목소리로 울고 웃어 강강술래로
하나가 되자

달은 우리 민족을 기억하고 있다
통일의 그날은 언제 오는가
아들딸 많이 낳아 강강술래 이어가자
괜스레 눈물이 난다

9부
우리말 그 뿌리를 찾아서

고향 나그네

구수한 사투리에 귀와 입이 호강한다
추억의 향기 듬성듬성 꽃이다

거문도巨文島 영국군 묘지에 서서 낙화한 두 송이 동백꽃
에게
'이놈들 1855부터 2년간 내 조국 땅 거문도를 무단 침범
한 죄 알고 있으렸다 대한민국은 너희들을 시질屍質로 잡아
두었느니라 알겠느냐' 호통도 쳐보고
하루만 더 쉬어가라 발목 잡은 파랑주의보
쑥섬의 수국화, 서대회,
지연태 박물관과 추동림 선생님,
지붕없는 미술관 연홍도와 김진태 화백의 야생마,
시인 화가 강선봉 선배 갤러리에
마음을 걸어 둔다

삼불리 큰샘 우물가 천년 노송 받들고 서 있는 관선 김상
섭冠善 金相燮 장학회 벽화 앞에 서니
아내와 내가 뿌린 씨앗 자라나 후손들 기다리고 있다

침묵의 생가터
바람은 기타를 치는데
고추밭은 말이 없다

해도 해도

너무 한다
망종이 지났으니
그만 꺾어가라
나도 이제 기력을 회복해야 내년 봄에 수라상에 오를 것
아니냐

고사리 손 하늘로 불끈
산촌가난 벗어나라 했는데
희망을 꺾어가라 했는데

시도 때도 없이 몰려와서
이 아낙의 가슴 휘젓고 다니는 저 양반네들

올라갈 때 부자집 영감
내려갈 때 김씨네 도령
꺾어 안고 지긋지긋 이 궁핍 벗어나자 했는데

'날다려 가거라 날다려 가거라
복많고 돈많은 남정네 날모셔 가거라
가시덤불 천리라도 발벗고 가리라'

저 메아리 들리지 않는가

해도 해도

꿩꿩 장서방

저 건너
솔 그늘에
장서방이 내려오시네

세월이
눌러 앉은
아버지의 자식자랑

꿩꿩 장서방
아들 낳고 딸 낳고

아버지,
아버지 뵙고 싶습니다

내 아내는 노루귀

봄비가 내렸습니다

개나리도 오고
매화도 오고
제비꽃도 걸어왔습니다

여보 우리 어서 나가
손님 맞읍시다
노루귀 빙그레 나선다

아내는
정문골 야생화
봄을 전하는 노루귀

아내가 웃으면 산촌이 훤해집니다
아내가 시를 쓰면 풀꽃들이 노래 부릅니다

꽃마리

너무 작아서 보이지 않습니다

무릎을 꿇고
가만히 다가서야 보입니다

절을 받고 나서야
얼굴을 내준

세상에서 가장 작은 꽃

꽃마리

* 꽃마리의 꽃말: 나를 잊지 마세요.

나룻배와 나그네

가만히 뒤돌아 본다
멀어져 가고 있는 저 젊은이
어디서 본 듯한 얼굴이다

세월의 환영인가

먹을수록
탈력을 받은 나이는
일몰을 향해 날아가고 있는데

고향 찾아 가는 나그네
이 배 어느 나루에 버리고 갈 것인가

나그네
발걸음 무겁다

말의 씨앗

텅빈 종이 상자에서 거짓말을 꺼냈다
진실은 장미에게 배웠고
길들여진다는 것은 여우에게 배웠다
지구를 떠나 다시 고향으로 돌아갈 수 있는 방법은 뱀이
알려 주었다
민들레의 도움을 받았다

어린왕자가 쏘아 올린 민들레 홀씨
하늘로 날아 오르고 있다

홀씨에게
소리쳐 묻는다
"어디로 가는거지?
나 좀 데려가 줘 내 고향으로"
이미 왕자는 떠나버렸다

바람과 함께 사라져갔다

사막에 던져진다는 것은 탄생이다
그 동안 내가 뿌려 놓은 수많은 말들은 어느 별에서 어떻
게 뿌리를 내리고 있을까
민들레 홀씨 하늘을 날고 있다

우리말 그 뿌리를 찾아서

1. 사투리

표준어 안 쓴다고 거시기 하나요?
선생님 거시기 하지 말고 사투리 어원이나 찾아 들어가
봅시다

우리 토속사투리는 고대 인도의 왕족이 썼던 언어
범어의 모어母語인 실담어悉曇語, 크샤트리아Ksatriya에서
'ㅋ'가 묵음된 것

범어는 우리 동이민족의 언어였다
가야를 기점으로 하더라도 적어도 2천 년, 산스크리트어
(梵語)의 역사로 보면 3천 5백 년 전부터 사용되었다

범어 속에는 우리 표준말과 토속 사투리가 밤하늘에 별을
보듯 빼곡이 박혀 있다

지금 우리는 수만년 전 선조들이 전해준 언어의 정보
(DNA)를 이어받아 사용하고 있다

사투리의 어원을 탐구하는 것은 곧 우리민족의 역사를
되찾는 일이다

>
사투리 속에 표준어가 있다
표준어 속에 사투리가 있다

사투리는 언어의 보석
밤하늘에 별을 보듯 사투리를 본다

* 우리 토속 사투리, 특히 전라도, 경상도 지방 사투리는, 만주, 몽고, 카자흐스탄, 부탄, 방글라데시, 네팔, 인도 북부, 아루나찰 푸라데시에 500만 명 이상이 사용하고 있고, 중국 사천성, 돈황, 산동성 지방의 80%가 인도 서남부 까르나따까 지방엔 1000만 명이 사용하고 있다.

* 인도 남부 및 스리랑카 북부에 살고 있는 타밀인들이 사용하고 있는 언어속에 우리말 1300여 어가 있다.
  아빠 엄마 나 너/ 도리도리dhori dhori/ 짝짜꿍cha cha ko/ 곤지곤지konju konju/ 죔죔jam jam/ 어부바abuba/ 까꿍kkakkung…

우리말 그 뿌리를 찾아서

2. 어이 마히시*와 애마리요**

'어이 마히시
올챙이가 헤엄쳐 다니고 있어요' 아버지가 우물가에서 어머님를 부르신다
'애마리요
벚꽃 지는 것 좀 보셔요
봄이 벌써 지나가고 있어요'
어머니가 아버지께 답하신다

사투리 '어이 마히시'는 범어로
'여왕님 가까이 오소서'이고
'애마리요'는 범어로 '왕이시요'다
생전에 우리 아버지는 어머니를 부르실 때
'어이 마히시'하고 부르셨고 어머니는 아버지께 '애마리요'라고 하셨습니다

저 남도, 고흥지방에서 무슨 일이 있었을까?
사투리는 범어로 왕족의 언어다
허황후許皇后 한 명과 그 무리의 영향만으로 이렇게 될 수 있었을까
가야국만을 국한해 범어梵語를 바라본다 하여도 그것이

우리나라 남부지역에 이렇게 뿌리 깊게 남아 사용되고 있
다는 점이 경의롭다
  '여왕님 가까이 오소서
  올챙이가 헤엄쳐 다니고 있어요' 우물가에서 아버지가 어
머님를 부르신다

  '왕이시여
  벚꽃 지는 것 좀 보세요
  봄이 벌써 지고 있어요'

  무상한 세월을 휘어잡고
  9천년 우리 동이족의 혼을 흔들어 깨우는 우리 사투리

  * 여왕님 가까이 오소서.
  ** 왕이시여.

3. 백합꼬시 활짝 피면

"아이 마다
요즘 니 얼굴에 봄이 왔구나 좋은 일이 있느냐?"
어머니가 아들을 불러놓고 표정을 살핀다
"어머님 조금만 기다리세요 백합꼬시 활짝 피면
인사 올리겠습니다"

남도, 고흥지방에 사용되고 있는 사투리
'아이'는 범어로 누구를 부를 때 첫머리에 붙이는 말 '가까
이 와라'이고
'마다'는 내 사랑 또는 부라마의 아들,
'꼬시'는 꽃의 이름이다

어머니가 아들에게
"사랑하는 내 아들아 이리오렴"하고 부르셨다
아들은 백합꽃이 활짝피면
신붓감을 데리고 인사올리겠다고 했다

우리말 그 뿌리를 찾아서

4. 쌔까마와 나비

우리집 고양이는 이름이 셋이다
애들은 뽀미라 부르고
어머니는 쌔까마(미)아 이리오너라하고
아버지는 나비야 저리 가라 한다

부모님은 왜 그렇게 부르는지 모른다고 하신다
그냥 어른들이 그렇게 불러 입에 달고 있었을 뿐이란다

쌔까마는 범어로 '누군가의 바람을 들어 주는 연인',
나비는 인도의 타밀어로 '사향 고양이'다

저 남도 고흥땅에서는 지금도
고양이를 쌔까마, 나비라 부른다

원하는 바를 이룰 수 있는
근원이자 모든 것으로서의 마음

― 김형식의 시 세계

권온 문학평론가

원하는 바를 이룰 수 있는 근원이자
모든 것으로서의 마음
— 김형식의 시 세계

권온 문학평론가

모든 인간의 삶은 나름의 개성과 굴곡이 있을 테지만, 김형식 역시 매우 독특하고 개성적인 행로를 걸어왔다. 그는 오랜 세월 동안 마음공부하고 수련하며 스스로를 단련해온 인물이다. 김형식의 삶을 지탱하는 하나의 축은 불교이고, 다른 하나의 축은 시 또는 문학이다. 시집『질문』은 그의 7번째 시집으로서 '불교'와 '문학'이라는 2개의 축이 극적으로 결합하고 있는 보기 드문 수작秀作이다. 이 글은 이번 시집에서 14편의 시를 엄선하여 시인의 시 세계를 탐색하려는 시도이다. 독자들로서는 김형식의 시를 읽으며 성철 스님과 한하운 시인의 영향력을 찾아보는 일도 귀한 경험으로서 자리할 것이다.

아직도 풀지 못했어?
전생의 업 그리 두터운가

심장의 붉은 피는
발끝에서 머리끝까지
돌고 도는데

무엇이 그리 꼬여
얼굴을 돌리고 살아가고 있는가

녹여 내야지
얼음이 녹으면 봄이 온다
그 응어리 녹여 내고
우리 마주 보고 곱게 피자
　　　　　　　　　　　　—「화해」 부분

　인간의 삶에서 가장 긴요하면서도 쉽게 풀 수 없는 난해한 문제 중 하나는 사람과 사람 사이의 관계일 수 있다. 일반적으로 '인간관계' 또는 '대인 관계'라는 표현으로서 언급되는 이와 같은 관계는, 많은 경우에 가족이나 친구 또는 동료 등 매우 긴밀하다고 생각되는 사람들 사이에 적용된다. 우리는 삶을 영위하면서 대립이나 갈등 또는 상처 등을 남들과 주고받는다. 타인에게서 대립, 갈등, 상처 등을 받기를 원하는 이들은 아무도 없지만, 안타깝게도 그러한 상황을 완벽하게 통제하는 일은 불가능하다. 인간은 불가피하게 발생하는 대립, 갈등, 상처를 최소화하고, 이미 벌어진 부정적인 상황을 해소하려고 노력할 수 있을 뿐이다. 김형식은 서로 "얼굴을 돌리고 살아가고 있는" 현실을 안타깝게 생각하고, 독자들에게 "화해"를 권유한다. 그는 우리에게

"전생의 업"을 풀고, 꼬인 마음을 풀며, "응어리 녹여" 낼 것을 제안한다. 시인은 사람들에게 무엇보다도 서로 "마주 보고" 해결할 것을 제안한다. 얼굴과 얼굴을 마주하고, 눈과 눈을 마주치며, 서로의 오해를 풀어 보자는 그의 따뜻한 제안을 잘 새겨들을 일이다.

새벽 직업소개소 앞마당
모닥불이 겨울을 녹이고 있다

해는 중천으로 기어오르고
허기진 배속에는 라면이 끓고 있다

라면 하나에 사랑과
서러움이 끓는다

사업 실패로 거리를 떠도는 아비는
사랑하는 가족을 위해 라면을 끓이고 있다

병석에 누워계신 아버지
고등학생 막내딸
친구 집 식당 주방에서 식기를 닦고 있는 아내

밤을 지새워 우는 칼바람은
이 무능한 아비가 봄을 찾는 까닭이다

내일도 이 아비는

라면을 끓일 것이다

봄을 찾아서
— 「봄을 찾아서」 전문

우리는 앞의 시에서 "얼음이 녹으면 봄이 온다"라는 김형식의 진술을 목도하였다. 거기에는 시인의 따뜻한 마음이 그득하게 담겨 있었다. '봄'을 향한 그의 지향성은 이번 시에서도 지속된다. 앞의 시에서 사람과 사람 사이의 '화해'를 강조하며 '봄'을 그리워했던 김형식은 이번 시에서 "아비"의 마음을 내세우며 "봄을 찾"고 있다. "모닥불"에 의지하여 "겨울", "새벽"을 견딘 "아비는", "사업 실패로 거리를 떠도는" 중이다. 아비는 스스로를 "무능한 아비"로 규정하는데, 그는 이를 타개하는 계기로서 "라면"을 선택한다. '라면'을 끓이는 행위는 "서러움"을 돋우는 일인 동시에 "사랑"을 포기하지 않겠다는 다짐이기도 하다. 시인에 의하면 오늘 "사랑하는 가족을 위해 라면을 끓이고 있"는 아비는 "내일도", "라면을 끓일 것"임을 선언한다. 사랑의 실천으로서의 라면 끓이기가 봄을 앞당기고, 그 길의 끝에서 가족과의 눈물겨운 해후가 장엄하게 펼쳐지기를 독자들은 바라고 또 바란다.

지구가 이상하다
도처에 물난리다

지진이 일어나고

화산이 폭발하고
빙하가 녹아내리고
지구가 불타고 있다

살아 있는 생명체,
지구가 병이 들어
복원력을 잃고 펄펄 끓고 있다

그래도 살아나야 한다
그물에 걸린 물고기 몸부림치고 있다

악성 종양을 제거하지 않으면
자신이 죽는다는 것을 지구는 잘 알고 있다

우리 인간이 지구를 죽이는 암세포라니

전염병이 창궐하고 있다
— 「병든 지구의 눈물」 전문

  이 시는 김형식의 시 세계가 좁은 영역에 국한되지 않음
을 보여준다. 시인은 여기에서 전 지구적인 상상력을 역동
적인 방식으로 펼치고 있기 때문이다. 그에 따르면 "살아
있는 생명체"로서의 "지구"는 지금 "병이 들어", "눈물"을
흘리는 중이다. '지구'의 '눈물'은 "물난리", "지진", "화산",
"빙하"의 "녹아내"림 등으로 구체화한다. 김형식은 "복원
력을 잃고 펄펄 끓고 있"는 "이상"한 지구의 원인으로서

"인간"을 지목한다. '인간'이 "지구를 죽이는 암세포"이자 "악성 종양"이라는 그의 판단은 우리들의 마음을 불편하게 만드는 아픈 진실일 테다. 마지막 연에 제시된 "전염병이 창궐하고 있다"라는 진술은 전 세계를 강타하고 있는 '코로나19'를 연상시킨다. 이 작품은 생태학적 연구의 관점에서 충분히 숙고할 만한 가치가 있는 시로 판단된다.

선거 때가 되면

나를 버리고
우니 좌니
동이니 서니 이익만을 쫓아 기웃거리며 부화뇌동
썩은 생선을 제사상에 올리는 일은
이제는,
다시는 없어야 한다

대통령 선거는 큰 제사다

눈 밝은 선비들이
회초리 들고 일어서야 한다
남명 조식 선생이
매천 황현 선생이 울고 있다

백 년 앞을 내다 보자
목욕재계하고
정신 바짝 차리고

젯상을 차려야 한다

썩은 생선은 안 된다
―「제물祭物」 전문

  좋은 시가 갖는 미덕 중 하나는 독자들에게 복합적인 가능성을 제공한다는 사실과 무관하지 않다. 이 시는 한편으로는 "제사"나 "제물" 또는 "젯상(제상)" 등을 다루고 다른 한편으로는 "선거" 또는 "대통령 선거"를 다룬다. 이 작품은 '제사'와 '선거'를 아우르고 있다는 점에서 복합적인 가능성을 갖춘 좋은 시에 해당한다. 김형식은 '대통령 선거'를 '큰 제사'로서 파악한다. 그에 의하면 우리는 나라와 민족을 생각한 "백 년 앞을 내다 보"는 선거를 치르지 못하였다. 그 결과 "나를 버리고 우니 좌니 동이니 서니 이익만을 쫓아 기웃거리며 부화뇌동"하고 말았다는 것이다. 시인은 선거를 잘 치르지 못하고 있는 현실을 "목욕재계하고 정신 바짝 차리고" 진행해야 할 신성한 의식인 제사에 "썩은 생선"을 '제물'로 올린 상황에 비유한다. 김형식은 독자들에게 "남명 조식 선생"이나 "매천 황현 선생"과 같은 "눈 밝은 선비들"이 되어 줄 것을 제안한다. 제사를 잘 치르고, 선거도 잘 치러서 우리나라와 우리 민족의 앞날을 긍정적인 방향으로 조성해야겠다는 시인의 바람이 더할 나위 없이 곡진하다.

사랑에도 암수가 있다
들어오는 사랑은 수컷
밖으로 나간 사랑은 암컷

암수의 사랑이
사랑을 낳고
그 사랑이 커서
세상을 지배한다

세상을 지배하는 것은 사랑이다
—「세상을 지배하는 것은」 전문

사람들이 살아가는 이 "세상을 지배하는" 단 하나의 원리는 무엇일까? 김형식이 제안하는 해답은 "사랑"이다. 그가 바라보는 사랑은 "암수의 사랑"이다. '암수'는 '암컷'과 '수컷'을 포괄하는 단어인데, 시인은 암컷의 사랑을 "밖으로 나간 사랑"으로 규정하고 수컷의 사랑을 "들어오는 사랑"으로 규정한다. 암컷 또는 여성의 사랑은 '밖으로 나간 사랑'이자 '항구의 사랑'일 수 있고, 수컷 또는 남성의 사랑은 '들어오는 사랑'이자 '배의 사랑'일 수 있다. 암컷의 사랑이 수컷의 사랑과 만나서 더 큰 사랑을 낳는다. 여성의 사랑이 남성의 사랑과 만나서 더 위대한 사랑을 생산한다. "그 사랑이 커서 세상을 지배한다"라는 김형식의 진단은 냉정하고 각박하며 엄혹한 현대 사회를 밝히는 한 줄기 희망으로서 사랑의 가치를 환기한다.

남편이 잠들어 있다
심하게 코를 고신다

바위 구르는 소리
피리 부는 소리
풀무질 하는 소리

꿈속에서도
가장이라는 이름으로
무거운 짐 짊어지고

구름 속을 헤매고 계신
우리 집 태양

애들 아빠
나의 남편
—「나의 남편」전문

시적 화자 '나'가 주목하는 대상은 "남편"이다. 그러니까
'나'는 '남편'에게는 '아내'가 된다. 아내는 남편의 잠들어 있
는 모습을 관찰한다. 아내는 심하게 코를 골고 있는 남편을
존중한다. 아내가 남편의 코 고는 소리를 "바위 구르는 소
리", "피리 부는 소리", "풀무질 하는 소리" 등 시끄러운 소
리에 비유하면서도 남편을 향한 존중 또는 존경을 유지할
수 있는 이유는 무엇일까? 그것은 남편이 "애들 아빠"이자
"나의 남편"이며 우리 가정을 이끄는 "가장"이기 때문이다.
아내는 남편이 "꿈속에서도", 가족을 위해 "무거운 짐 짊어
지고", "구름 속을 헤매고" 있음을 믿는다. 시인은 '심하게
코를 곤다'가 아닌 "심하게 코를 고신다"를 선택하였고, '구

름 속을 헤매고 있는'이 아닌 "구름 속을 헤매고 계신"을 선택하였다. 이와 같은 디테일의 차이는 남편을 향한 아내의 신뢰와 사랑을 독자들에게 생생하게 전달한다.

여섯 살 손녀 손을 잡고
섬강 길을 걷고 있다
"할아버지 이것이 뭐에요?"
"갈대라고 하지"

"그럼 올대는 어디 있어?"

올때?

손녀는 올때가 알고 싶다

나는 갈때에 흔들린다

가을이면 좋겠다
— 「가을이면 좋겠다」 전문

시는 예술이자 문학이며 언어이다. 이 작품은 시가 언어를 활용한 첨단의 예술임을 입증하는 적절한 사례가 된다. 여기에는 순수하고 천진한 어린 아이의 마음이 가득하다. 시인은 어린 아이의 마음을 성인이 된 이후에도 간직하려고 노력하는 사람이다. 가령 이 시의 "할아버지" 또는 시적 화자 '나'와 같은 사람이 시인의 마음, 어린 아이의 마음을 헤아릴 수 있는 사람이다. '할아버지'의 "갈대"라는 말에 "여섯 살 손녀"는 "올대"를 찾는다. 할아버지는 손녀가 '갈대'를 '갈 때'로 이해한 후 '올 때'를 찾고 있음을 파악한다. 할아버지의 "올때?"는 '올 때'를 의미하는 셈이다. 어른들의 고정된 눈은 '갈대'를 볼 수 있을 뿐이지만 여섯 살의 자유로운 눈은 '갈 때', '올 때', '갈때', '올때', '올대' 등을 폭넓게 볼 수 있다. 특히 김형식이 제안하는 "나는 갈때에 흔들린다"라는 진술은 이 시를 언어유희의 진수로 드높인다.

> 이 세상에 태어난 것도 신의
> 뜻이고,
> 이 세상에서 죽어가는 것도 신의 뜻이다
>
> 두 발 딛고
> 일어서는 것도 신의 뜻이고
> 누구를 사랑하는 것도
> 미워하는 것도 신의 뜻이라니
>
> 내 자의로 할 수 있는 것이라고는 단 하나도 없다
>
> 생각하는 것조차도 신의 뜻이다?
>
> 신의 숨통을 끊어 놓아야 한다
> 그리하여 신으로부터 영원히 벗어나야 한다
> ─「신을 죽여야 산다」 전문

어떤 경우에 누구나 예상 가능한 길을 그대로 따르는 일은 현명한 선택이 아닐 수 있다. 때로 매력적인 예술을 형성하기 위해서는 어떤 반전, 전환, 변주 등이 필요하다. 인용한 시에는 이와 같은 반전이나 전환 또는 변주가 발생한다. 5개 연으로 구성된 이 시에서 1연~3연은 "신의 뜻"에 강하게 경도되어 있다. "태어난 것도", "죽어가는 것도", "일어서는 것도", "사랑하는 것도", "미워하는 것도" 모두 '신의 뜻'에 연결된다. 곧 "내 자의로 할 수 있는 것이라고는 단 하나도 없"는 셈이다. 변화의 조짐은 4연에서 엿보인다. "생각하는 것조차도 신의 뜻이다?"라는 진술에서 우리는 '물음표'에 주목하게 된다. 물음표는 '신의 뜻'을 향한 절대적인 믿음이 흔들리고 있음을 암시한다. 이어지는 5연의 진술은 다소 충격적이다. "신의 숨통을 끊어 놓아야 한다"라거나 "신으로부터 영원히 벗어나야 한다"라는 식의 단언은 매우 급진적인 것이기 때문이다. 독자들은 이 작품의 제목 "신을 죽여야 산다"라는 진술에서 독일의 철학자 니체 Nietzsche를 떠올릴 수도 있다. 김형식의 제안을 존중하여 자신의 생각이나 의견 또는 의지에 따라서 행동하고 삶을 영위할 수 있는 우리들이 되어야겠다.

질문하고 질문하라
당신도 질의 문에서 나왔다

질문은 생명의 문
살아 있는 것은 모두 이곳에서 나왔다

태양도 지구도

석가도 예수도
철학도 예술도
질문에서 나왔다

질문에는 세 가지 갈증이 있다

그 하나는 모르는 것을 알고자 하는 것이요
그 둘은 알고 있는 것을 확인하는 것이고
그 셋은 지혜를 구하는 것이다

질문을 던져라
인간의 심장을 뜨겁게 하라

질문하지 않는 사람은
죽은 몸이다

질문만이 위대하고, 또, 위대하다

질문하고 질문하라
질의 문은 당신의 존재를 증명한다
　　　　　　　　　　─「질문」 전문

　이 시에는 언어에 민감한 시인의 역량이 잘 녹아 있고,
이것과 저것을 아우르는 복합적인 가능성이 내재한다. 김
형식은 "질문"과 "질의 문(질문)"을 제시한다. 전자의 '질
문質問'은 알기 위해서 묻는 행위를 뜻하고, 후자의 '질문'

은 '질膣의 문' 곧 여성의 생식 통로를 의미한다. 시인은 앎을 추구하며 물음을 던지는 행위와 "살아 있는 것"이 "생명의 문"으로서의 '질'을 열고 나오는 행위를 겹쳐서 바라본다. 그가 포착한 '질문'에는 "태양"이나 "지구"와 같은 자연이나 우주가 있고, "석가"나 "예수"와 같은 인간이 있으며, "철학"이나 "예술"과 같은 학문이나 문화가 있다. 곧 김형식이 제안하는 질문은 이 세상의 거의 모든 것을 포괄한다. 그에 의하면 "질문하지 않는 사람은", 진실로 살아있는 사람이 아니다. 우리는 질문을 던짐으로써 "모르는 것을 알고", "알고 있는 것을 확인하"며, "지혜를 구하"게 되는 것일까? 시인의 바람처럼 질문을 실천함으로써 "존재를 증명"하는 이들이 많아지기를 기대해 본다.

사랑을 연기하다
배우가 되었다

부부로 살아가는 것
무대 위에 서는 것
이 모두가 세상을 배우는 일이다

만남은 이별을 배우고
이별은 만남을 배운다

유상은 무상을 배우고
무상은 유상을 배운다

삶은 죽음을 배우고
죽음은 삶을 배운다

인생사 모두가 연기다

배우며 사는 세상
우리 모두가 배우다
　　　―「배우」 전문

　김형식이 이 시에서 집중하는 영역은 "세상"이자 "인생
사"이며 "살아가는 것"이다. 그가 주목하는 대상은 "부부"로
대표되는 인간의 "삶"과 "죽음"이다. 특이한 점은 시인이 도
입한 렌즈로서의 어휘이다. 그것은 "배우", "무대", "연기"
등으로 구체화된다. 사람은 때로는 "사랑을 연기하"고, 때
로는 미움을 연기한다. "부부로 살아간다는 것"은 "무대 위
에 서는 것"이고 "세상을 배우는 일이다" '사랑'과 '미움'이
하나이고, "만남"과 "이별"이 하나이며, "유상"과 "무상"이
하나이다. "우리 모두"는 "삶"과 "죽음"이 하나이고, "인생
사 모두가 연기"임을 평생 "배우며" 살아간다. 인간은 누구
나 '무대'에서 '연기'하는 '배우'로서의 운명을 살아간다. 인
간의 인생은 결국 '배움'의 연속이자 '연기'의 연쇄라는 김형
식의 값진 인식이 더없이 소중하다.

　새벽 찬물에
　얼굴을 씻고 나니

들리는 것은
모두가 부처님 법문이다

새소리
바람 소리
개울 물소리 건너

보니
부처 아닌 게 없다

오늘
오늘이라는 이 하루

어제도
내일도 오늘

부처님 오시는 날

나무아미타불
나무아미타불

아 미 타 불
　　ㅡ「부처님 오신 날」전문

　'불교'와 관련된 일련의 정황은 김형식의 시 세계를 이해
하는데 결정적인 도움을 줄 수 있다. 인용한 시에는 불교와

관련된 다채로운 요소들이 그득하다. 독자들로서는 우선 "부처", "부처님", "나무아미타불", "아미타불" 등 직접적으로 연결된 어휘에 주목하게 된다. 이 시에서 보다 중요한 측면은 간접적이고 내재화된 불교적인 요소이다. 우리는 2연의 "들리는 것은 모두가 부처님 법문이다", 4연의 "보니 부처 아닌 게 없다" 그리고 6연의 "어제도 내일도 오늘", 9연의 "아미타불" 등에 주목할 수 있다. 이 시를 읽는 이들은 모든 곳에서 '부처님 법문'이 들리고, 모든 곳에서 '부처'를 만나며, 모든 날이 "부처님 오신 날"이 되고 자신도 부처가 되는 신비로운 경험을 겪는다. 시인은 모든 사람들이 스스로 부처가 되어 맑고 향기로운 세상을 만들어 가기를 기원하는 것이다.

육안으로 바라볼 때는
보이지 않던 안갯길도

마음의 눈으로
살펴보면 길이 보인다

아들아
인생길도 그렇다

앞이 보이지 않을 때는
서두르지 말고
마음의 눈으로 살펴 보거라

가만히 들여다보면
길이 보인다
—「아들에게」 전문

　김형식의 시를 읽는 독자는 다양한 인간사를 경험할 수
있다. 시인은 '아버지'의 입장에서 "아들에게" 전하고 싶은
전언을 시로써 형상화한다. 김형식은 인간의 눈을 "육안"
과 "마음의 눈"으로 구분한다. 그에 의하면 육체의 눈에는
잘 보이지 않던 "길"이 '마음의 눈' 또는 심안心眼에는 보이
는 경우가 있다. 마음의 눈으로 찾을 수 있는 '길'은 인생의
방향과 관련된 "인생길"일 수 있다. 인생을 진행하다 보면
"앞이 보이지 않을 때"가 생기기 마련이다. 답답하고 암울
한 상황에 놓인 '아들'에게 시인은 "서두르지 말고 마음의
눈으로 살펴 보거라", "가만히 들여다보면 길이 보인다"라
는 감동적인 메시지를 전달한다. 우리는 급하게 서두르지
않고 차근차근 생각하다 보면, 처음에는 보이지 않던 '길'
또는 문제에 대한 해결책을 발견할 수 있음을 비로소 깨닫
는다.

거기서 뭣하노
지나가는 바람 집적인다

물 위에 앉아있는 찌
고기야
물면 어떻고
안 물면 어쩌랴

내려놓고
앉아 있으니
이 자리가 천국인 것을

바람아 쉬어 가거라

저 강태공
성불하는 것 좀 보고 가자
— 「낚시」 전문

　복합적인 가능성을 발휘하는 시가 여기에 있다. 김형식은 여기에서 "강태공" 또는 낚시꾼의 "낚시"에 집중한다. 낚시의 일반적인 목적은 물고기를 낚는 데에 있을 터인데, 시인의 생각은 조금 색다르다. 물고기를 낚아도 되고, 낚지 않아도 된다는 이야기이다. "고기"가 "찌"를 "물면 어떻고 안 물면 어쩌랴"라는 진술이 이와 같은 심경을 대변한다. 김형식은 사람들에게 꼭 물고기를 낚아야 한다는 목표 지향적 사고를 "내려놓고 앉아 있"을 것을 제안한다. 그는 얽매임 없이 "지나가는 바람" 사이에서 자유를 만끽하는 "이 자리"를 "천국"으로서 규정한다. 또한 그러한 낚시꾼의 낚시를 "성불"로서 이해한다. 이제부터 '일상'의 장소와 '종교'의 장소는 구별되지 않고, '세속'의 공간과 '신성'의 공간은 하나가 된다.

　부딪쳐

돌고 돌며
사는 법을 배웠습니다

모나지 않게
살아갑시다

내가 둥글면
이웃이 둥글어지고
세상도 둥글게 돌아갑니다

우리 모두
둥글게 둥글게 살아갑시다
―「몽돌」전문

　시인은 아마도 "몽돌"을 관찰했을 테다. 그는 모가 나지 않고 둥근 돌로서의 '몽돌'을 골똘히 보면서 생각에 생각을 거듭했을 게다. 김형식은 시적 화자 '나'에게 몽돌을 닮은 둥근 성격을 기대한다. 또한 '나'에게 주입된 몽돌의 둥근 특징이 "이웃"으로 연결되고, "세상"으로 확장되기를 바란다. 시인은 우리에게 몽돌의 가르침을 알려준다. 그가 몽돌에게서 배운 "부딪쳐 돌고 돌며 사는 법"은 "우리 모두"에게 "둥글게 둥글게 살아"갈 수 있는 지혜를 제공한다. 이 시를 읽는 독자들은 세상살이에서 사용할 수 있는 귀한 교훈을 얻을 수 있다. 요컨대 세상 사람들이 모나지 않게, 둥글게 둥글게 살아갈 수만 있다면, 몽돌과 같은 삶을 영위할 수 있다면 더 이상 바랄 것이 없을 테다.

김형식의 7번째 시집 『질문』을 함께 살펴었다. 그의 시 세계를 관통하는 요소들 중에서 일차적으로 눈에 띄는 바로는 인간, 가족, 삶, 인생, 세상 등이 있다. 특히 시인은 부모, 자녀, 부부 등 가족과 관련된 시편을 매력적으로 형상화하였다. 시인은 국가, 민족, 사회, 지구, 신神, 종교 등에 대해서도 깊은 탐구력을 보여준다. 매우 다채로운 요소들로 구성된 김형식의 시 세계를 종합하는 일은 지난한 과제가 될 수 있다. 그의 시를 읽는다는 것은 따뜻함과 넉넉함 그리고 자유로움을 경험하는 일에 가깝다. 시인의 시 세계의 토대를 이루는 기초 항목들 중에서 우리의 관심을 이끄는 것으로는 '부처'와 '마음'이 있다.

부처님Buddha께서는 마음과 관련하여 깊은 울림이 있는 일련의 말씀을 남겼다. 곧 "모든 상황에서 침착하도록 마음을 훈련하라.(Train your mind to be calm in every situation.)", "마음은 모든 것이다. 당신이 생각하는 대로 당신은 이루어질 것이다.(The mind is everything. What you think you become.)", "마음을 가라앉히면 영혼이 말할 것이다.(Quiet the mind and the soul will speak.)"

김형식의 시에는 부처와 불교의 따뜻하고 넉넉하며 자유로운 가르침이 가득하다. 마음을 강조하는 시인의 밝은 눈에 깊이 공감하는 이들이 적지 않을 테다. 마음의 평화는 영혼의 대화를 가능케 할 것이고, 마음은 원하는 바를 이룰 수 있는 근원이자 모든 것이 된다. 앞으로 많은 독자들이 김형식이 제안하는 훌륭한 마음의 시를 지속적으로 읽는다면, 우리나라의 앞날은 더욱 밝고 긍정적인 방향으로 나아갈 것임을 굳게 믿는다.

김형식의 시 「질문」에 대하여

반경환 문학평론가

김형식의 시「질문」에 대하여

반경환 문학평론가

질문

김 형 식

질문하고 질문하라
당신도 질의 문에서 나왔다

질문은 생명의 문
살아 있는 것은 모두 이곳에서 나왔다

태양도 지구도
석가도 예수도
철학도 예술도
질문에서 나왔다

질문에는 세 가지 갈증이 있다

그 하나는 모르는 것을 알고자 하는 것이요

그 둘은 알고 있는 것을 확인하는 것이고

그 셋은 지혜를 구하는 것이다

질문을 던져라

인간의 심장을 뜨겁게 하라

질문하지 않는 사람은

죽은 몸이다

질문만이 위대하고, 또, 위대하다

질문하고 질문하라

질의 문은 당신의 존재를 증명한다

― 김형식 시집 『질문』에서

　반경환의 '사색인의 십계명' 중, 제1계는 '깊이 있게 배운다'이고, 제2계는 '잘 질문한다'이다. '깊이 있게 배운다'는 것은 어떠한 사건과 사물의 본질을 배운다는 것이고, '잘 질문한다'는 것은 그 어떠한 사상과 이론, 또는 이 세상의 참된 진리가 무엇인가를 제대로 묻고 그것을 배운다는 것이다. 유목민이란 무엇이고, 농경민이란 무엇인가? 유목민이란 푸르고 푸른 초지와 오아시스를 찾아다니며 가축 떼를 기르는 사람을 말하고, 농경민이란 그 무엇보다도 넓고 비옥한 땅에 살면서 쌀과 보리 등의 농작물을 기르는 사람을 말한다. 유목민과 농경민 중, 어느 인간이 더 우월하고 더 행복한 삶을 살고 있는가? 유목민에게는 유목민의 삶이 가장 소중하고, 농경민에게는 농경민의 삶이 가장 소중하며, 따라서 이러한 질문 자체는 성립할 수가 없다. 모든 삶과 행복은 상대적인 것이고, 모든 진리는 단지 잠정적이고 일시적인 진리(허위)에 지나지 않는다. 이처럼 모든 진리는 상대적이고, 유목민과 농경민의 삶은 다같이 소중한 것이지만, 그러나 현실의 세계에서는 하나의 진리가 다른 진리의 목을 비틀어버리고, 자기 자신의 사상과 이론(진리)에 봉사하도록 강요하고 있다고 하지 않을 수가 없다. 서양의 유목민들에게 살생을 금지하는 불교를 믿으라고 강요할 수는 없듯이, 동양의 농경민에게 살생을 밥 먹듯이 하는 기독교를 강제하는 것은 너무나도 크나큰 야만적인 폭력이자 죄악이라고 하지 않을 수가 없는 것이다. 깊이 있게 공부하고 잘 질문한다는 것은 이처럼 유목민과 농경민, 또는 기독교와 불교를 제대로 공부하고, 이 동, 서양의 대립과 갈등을 초월하여 새로운 '삶의 철학'을 정립하는 것이라고 할 수가 있는 것이다.

김형식 시인의 「질문」은 '질문의 존재론'이자 '질문의 삶의 철학'이라고 할 수가 있다. 인간은 사유하는 존재이고, 깊이 있게 배우고 잘 질문하는 '삶의 철학'을 실천하는 존재라고 할 수가 있다. 그는 앎이 육화되어 있는 시인이며, 따라서 그의 앎의 욕망으로 '질문質問'을 '질膣의 문門'으로 명명하게 되었던 것이다. '질문質問'은 모르거나 의심나는 점을 묻는 것을 말하지만, '질문膣門'은 여성의 생식기를 뜻하고, 따라서 우리는 모두가 다같이 '질膣의 문門'에서 나왔던 것이다.

질문은 생명의 문이고, 살아 있는 것은 모두가 다같이 이곳에서 나왔다. 태양도 지구도 이곳에서 나왔고, 석가도 예수도 이곳에서 나왔다. 철학도 예술도 이곳에서 나왔고, 공자도 칸트도 이곳에서 나왔다. "질문에는 세 가지 갈증"이 있는데, "그 하나는 모르는 것을 알고자 하는 것"이고, "그 둘은 알고 있는 것을 확인하는 것"이며, "그 셋은 지혜를 구하는 것"이라고 할 수가 있다. "질문은 생명의 문/ 살아 있는 것은 모두 이곳에서 나왔다"는 시구는 '질문의 존재론'을 말하고, "질문을 던져라/ 인간의 심장을 뜨겁게 하라", "질문하지 않는 사람은/ 죽은 몸이다", "질문만이 위대하고, 또, 위대하다"라는 시구들은 '질문의 삶의 철학'이라고 할 수가 있다.

　김형식 시인의 「질문」은 생명의 문이자 죽음의 문이고, 이 질문의 존재론과 이 질문의 철학 속에는 우리 인간들의 그 모든 것이 다 들어있다고 할 수가 있다. 깊이 있게 공부한다는 것은 잘 질문하는 것이고, 잘 질문한다는 것은 자기 자신의 목숨을 거는 것이다. 유목민에게 왜 함부로 살생을 하느냐고 묻고, 어떻게 예수가 동정녀 마리아에게서 탄생했는가를 물어본다면 어떻게 될 것이고, 농경민에게 왜 유목민을 존경하지 않느냐고 묻고, 석가모니는 예수의 시종인가라고 물어본다면 어떻게 될 것인가?

　우리 인간들이 성장하고 변모하듯이, 모든 앎(지혜)도 끊임없이 성장하고 변모한다. 새로운 앎은 기존의 앎을 짓밟고 폐기처분을 하지 않으면 안 되고, 모든 철학자는 수많은 철학자들의 목을 비틀고 그 사상과 이론을 폐기처분하지 않으면 안 된다. 질문은 싸움이고, 싸움은 비판이고, 비판은 모든 학문의 근본토대이다.

"질문하고 질문하라/ 질의 문은 당신의 존재를 증명한다."

실증주의 비평, 현실주의 비평, 정신분석 비평, 구조주의 비평, 탈구조주의 비평, 현상학적 비평, 그리고 나의 낙천주의 비평 등이 바로 그것이다. 하지만 비평이란 모든 분야에서 그 힘을 기르는 수단으로 작용을 하며, 어떠한 총과 칼과 화약 냄새도 없이 힘과 힘이 맞부딪치는 처절한 생존경쟁의 장이 된다. 정치, 경제, 문화, 예술, 역사, 스포츠, 오락, 심지어는 연애까지도 그 비평의 장을 통하지 않고는 결코 성장해 나갈 수가 없다. 비평만이 위대하고 비평만이 고급문화의 최종적인 심급인 것이다. 신생아의 첫 울음 소리는 그 비평의 장에 내던져진 것에 대한 두려움의 산물일지도 모른다. 아아, 우리 학자들이여, 어서 빨리 그대의 날카롭고 예리한 '비판의 칼날'(질문의 칼날)을 들고 비평의 장에 나서 보아라! 바로 그러면, 그때에는, 그대는 소크라테스처럼, 플라톤처럼, 가장 위대하고 가장 훌륭한 철학자가 될 수도 있을 것이다. 깊이 있게 배우고 잘 질문한다는 것은 상대방을 막다른 골목으로 몰아 넣는다는 것이며, 자기 자신만이 최종적인 승리자가 되겠다는 것이다.
— 반경환『행복의 깊이 제4권』, 제1장에서

'대한독립만세'와 '남북통일'과 '군사독재정권타도'는 그처럼 오랫동안 우리 한국인들에게 젖과 꿀처럼 들려왔던 것이고, 우리 한국인들을 지상낙원으로 인도해 주는 구원의 말씀이기도 했던 것이다. 그러나 우리 한국인들은 철두철미하게 앎이 육화되지 않았기 때문에, 그처럼 소중하고 간절했던 소망들을 추구할 수 있는 방법을 찾지 못했고, 더더군다나 이 세상에서 지상낙원을 건설할 수 있는 어떠한 꿈조차도 꾸지를 못했다. 대한민국은 아직도 국가의 이념과 목표도 없이 망망대해를 표류하고 있고, 더 이상 군사독재정권을 허용하지 않는 세계화의 흐름을 타고 겨우 형식적인 민주주의를 이룩했지만, 우리 한국인들의 민주주의는 문화적 무질서의 그것에 지나지 않는다. 오늘날 독일은 제2차 세계대전의 전범국가로서 그 패전의 상처를 딛고 동 서독의 통일을 이룩했지만, 우리 대한민국의 남북통일의 과업은 아직도 여전히 요원한 형극의 가시밭길일 뿐인 것이다. 이 모든 것이 깊이 있게 배우고 잘 질문하지 못했기 때문이다. 우리 한국인들은 삼천리 금수강산을 쓰레기 공화국으로 만들고 이 세상에서 가장 더럽고 추한 부정부패의 공화국으로 연출해 내기 위해서 그처럼 오랫동안 '대한독립만세'를 외쳐 왔던 것이고, 또한 우리 한국인들은 자기 자신이 속한 집단과 사적인 이익을 위하여 대한민국의 헌법과 국법을 무시하고 그처럼 오랫동안 '군사독재정권'의 타도를 외쳐왔단 말인가? 또, 그리고, 대한민국의 국가의 이념과 목표도 없이, 또는 통일의 비용과 주변의 4대강국을 설득시킬 힘도 없이, 주먹구구식의 당위성만을 내세우며 그처럼 남북통일을 외쳐대고 있단 말인가?

　— 반경환 『행복의 깊이 제4권』, 제1장에서

　우리 한국인들에게 가장 부족한 것은 자기 자신의 철학이 없다는 것이다. 사상이 없기 때문에 깊이 있게 사유하지 못하고, 깊이 있게 사유하지 못하기 때문에 사소한 개인의 이익을 위하여 대한민국의 전체의 이익을 훼손하게 된다. 따라서 기초생활질서의 무시와 온갖 부정부패의 연출은 이 판단력의 어릿광대들의 걸작품일 뿐인 것이다.

이 모든 것이 깊이 있게 배우고 잘 질문하지 못한 죄인 것이다.

오오 小韓民國, 小韓民國이여!
오오 醜韓民國, 醜韓民國이여!
— 반경환 『행복의 깊이 제4권』, 제1장에서

김 형 식

김형식金炯植 시인은 전남 고흥에서 태어났고, 전남대 농경제학과와 무불선학대대학원을 졸업했다. 해인총림 고경총서 37권, 성철스님 법어집 11권에 심취, 불가에 입문한 후 말과 글을 기피하고 강원 심산에서 20여 년을 침거해온 공부인이다. 성철스님 몽중 상좌로 해인총림 수좌 원융대선사로부터 법명 '인묵印默'을 받은 제가불자. 詩聖, 한하운의 발제자로 시성, 한하운문학회 보리피리 편집주간, 고흥문학회 초대회장, 詩서울 자문위원장과 월간문학상 선정위원장 역임. 한국문인협회 제도개선위원, 국제펜클럽 회원, 매헌 윤봉길사업회 지도위원, 한강문학 편집위원, 대지문학 심사위원, 불아문부회장으로 활동하고 있으며, 한국청소년 문학대상, 제2회 시가서울 문학대상을 수상했다. 1969년 현대문학 창작입문과정 이수, 2015년 불교문학에 시 「그림자 둥지」 외 4편으로 시 등단, 2020년 한강문학에 「詩聖 한하운의 詩 어머니에 대한 소고」로 문학평론가 등단, 시집으로는 「그림자 하늘을 품다」, 「오계의 대화」, 「광화문 촛대」, 「글, 그 씨앗의 노래」, 「인두금의 소리」, 「성탄절에 108배」 등이 있다. 김형식 시인의 일곱 번째 시집인 「질문」은 '불교'와 '문학'이라는 2개의 축이 극적으로 결합하고 있는 보기 드문 수작秀作이라고 할 수가 있다. 김형식의 시에는 부처와 불교의 따뜻하고 넉넉하며 자유로운 가르침이 가득하기 때문이다. 마음의 평화는 영혼의 대화를 가능케 할 것이고, 마음은 원하는 바를 이룰 수 있는 근원이자 그 모든 것이 될 것이다.

이메일 hyeongsik2606@daum.net

김형식 시집
질문

발 행   2023년 5월 10일
지 은 이   김형식
펴 낸 이   반송림
편집디자인 반송림
펴 낸 곳   도서출판 지혜, 계간시전문지 애지
기획위원   반경환 이형권
주 소   34624 대전광역시 동구 태전로 57, 2층 도서출판 지혜
전 화   042-625-1140
팩 스   042-627-1140
전자우편   eji@ji-hye.com
         ejisarang@hanmail.net
애지카페   cafe.daum.net/ejiliterature

ISBN   979-11-5728-505-1 03810
값   10,000원